歌集

現《げん》世《ぜ》

原田夏子

現代短歌社

目次

白き闇

消えざらむ

カバー装画・吉田邦子

現世

白き闇

銀ブラ

モボ・モガの往きしはむかし平成の銀座通りにたそがれ到る

銀ブラと洒落て歩むも戦ひに生きのこりたる老いびとふたり

たそがれのレストランにて雑炊《おじや》など食してゐたり銀座といふに

ルイ・ヴィトン明るく広き店構へ誘はれ入る寂しき影が

喫茶店のテラスに撮りしツーショット空のカメラの写せるものは

うつくしきもの

赤い靴穿《は》いてた小さい女の子どこのこ誰の子問ふ間なく消ゆ

シャボン玉吹き上げ遊ぶ独りつ子空はあいにく雲低く垂れ

朝顔の花柄浴衣お揃ひに雀踊りの子ら街をゆく

「ネムイノ」とふいに幼き声のあり玩具売場の人形棚に

どの子かと幼き声を尋ぬれど素知らぬ顔の人形たちは

山茶花の道を駆けゆく一団の子らを見る間に時雨の閉ざす

お河童のにんまり笑める幼がほ誰に似たりやアルバムの子は

一顰一笑孫ならねどもいつ見ても飽かざるものは稚児にあるらし

稚児をこそ「うつくしきもの」の第一に挙げゐたりわが清少納言は

悔多き過ぎこしなれやしばしばも幼き日日の夢に顕ちくる

冬の幼女

冬風に押されて入る喫茶室母と来てゐるお河童の子が

凝視《みつ》めらるる気配に振りむく喫茶室万年青《おもと》の蔭に幼女佇ちゐて

わたくしの何を凝視めてゐるならむ微笑《ほほゑ》み見るに幼女笑はぬ

ひたむきの幼女の瞳なほわれを瞬きもせず凝視しゐたり

幼児の凝視むる先は恐らくはわれにはあらぬわれにあらずや

われさへも気づかぬ悪しき心をも見透してゐむ幼女の瞳には

恐れなく人間《ひと》を凝視むること我にありしや冬の風光り過ぐ

交差路をまろびてゆける落葉ありあとに続ける人間の群れ

冬の風世をせき立てて急ぐ街それほど急ぐ用なき身をも

冬風にせき立てられて急げるは乾きまろべる落葉にも似て

公孫樹《いちやう》の葉黄に輝けるうつし世に幼女の黒き瞳は消えず

待春

蠟燭の揺るる灯《ともし》にほんのりとこの世のほかのかまくら浮ぶ

雪国に灯るかまくら幼らはあるじ顔して客をいざなふ

かまくらの内はぽかぽか網の上餅は膨らむおしくらマンジュウ

景気呼ぶ商法ならむ雪国を真似るかまくら今宵灯ともす

幼らの去りし夜更けのかまくらになほ水神のいます明るさ

白き闇

うしろより優しく肩を叩くもの振りむけば沙羅の花の落ちたる

その白く潔き花　年年に待ちをり露地のわが沙羅の木よ

大木になりたる沙羅の梢より降りそそぐ花露地を白うす

「白き花はたと落ちたり」鷗外の詩句そのままに露地のうつつは

盛大に今年の沙羅は花つけて梅雨に濡れつつ落ちつぎやまぬ

落ちきては重なる沙羅の花ばなをそのままにして闇の底白し

悲しみはいづこよりくる沙羅の花落ちて重なる日日の続きて

夜の底の白くなるまで沙羅の花落ちつぐ時を月は昇らず

老いゆく町

大店《だな》のいつしか潰え町中は女あるじの老いて残れる

女あるじ寡黙に棲まふ塀越しに紫陽花のはな凌霄かづら

年年に背をまるめゆく老い人の東京ことば抜けざるひとり

当番の代れるものの少なきを老いの社会の繰り言となす

老成の町の小路は子らの声ききとめぬまま夜につづくを

幾度も変る店あり内装に少し手入れてまた酒舗のれん

出で遇ひて今日の寒さを嘆き合ふ小腰かがむる老い人たちは

人ひとり通れるほどの路すらも雪掻きかぬる老いの棲家は

戸口より憂き世につづく細きみちいつの間にやら雪掻かれゐて

老舗みな生き延びがたく忽ちに面変りせむ小雪舞ふ町

あれほどに嫌はれ者の鴉さへ姿見せねば寂しこの町

電線に群雀ゐし町空の記憶も失せて老いゆく人ら

前をゆく白足袋の影振りむかば鬼女かも知れぬ闇のつづける

防犯シール

ペ・ヨンジュン出演するは日本の警備会社のＣＭの中

日本の主婦らに多きファンをもつペ・ヨンジュンの警備の薦め

出演料のことなど思ひ及ばねどこの警備会社の契約ふえむ

これの世に頼むは神にあらざるとお札に替ふる防犯シール

家《や》のめぐり繁る庭木を刈り透かせ「もの」の潜める隈をなくせる

わが棲家孤立無援の夜よるを警備エリアを作動し寝《い》ぬる

いかならむ備へをすれば昼も夜も安心《あんじん》を得む風めぐる家

鰻屋の廃業の跡の駐車場この町にまた虚《うろ》の生じて

何ものに備へむとてか侵入の口に貼りゆく防犯シール

戦時下はむしろ治安のよかりしと防犯警備のシール貼る世や

警備エリア設定し終り寝ぬるとも世界の安寝《やすい》ありと思はず

思案の底

明滅を繰り返しつつ遂に消ゆ思案の底のひとつ灯

探照灯闇に交叉し捉ふるは敵機　しからず浮遊する魂《たま》

人間は相戦ひて滅ぶべし神仏この世におはしますとも

夏椿高き梢に眼をあけて身を投ずべきとき測りゐつ

潔く落ちつぐ花は夏椿若き兵士の幻に顕つ

新刊の書籍開かず積み上げて灯影も暗き年越しの蕎麦

高層のビル街に淡き夕陽消え空爆の焼土浮びくるなり

人の目も猫の眼にさへ見破れぬ浮葉のかげの似而非《えせ》金魚一尾

生きてゐる兵らの涙　白桃は無傷の肌に悲のいろにじむ

夕暮れのドアーにもたれ薄紅の小菊一束待ちかねてゐき

初冬の陽傾く園に噴水はおのれ恃みてなほ吹き上ぐる

何にかく激し給ふや風神は黄葉樹林をいたぶりやめぬ

ここよりは冥府に近し　案内板いつより立てる落葉の道

夕陽翳る黄落のみちその果てはあるいは黄泉平坂《よもつひらさか》ならむ

吹きてゐる形に立てる雛童子笛をかくせる幼を許し

更けてゆく春の座敷に灯ともせば雛《ひひな》はみんな澄まし顔する

遠ざかる小さき足音雛の夜を訪れゐしか姿なきもの

雛の宵ふいに灯ともすときの間を誰かがそつと立ち去るけはひ

遠州の昔菓子とて購へる金平糖に滲む灯のいろ

霧の中より

思ひやる不忍の池ゆくりなく霧の中より滲みくるもの

隻脚の白衣の兵士物乞ひのアコーディオンの奏づる軍歌

蓮の花ひらく音すと朝明けの池のほとりに佇ちゐし母子

鷗外の『雁』に知りたる蕎麦どころ蓮玉庵の男の子の給仕

無縁坂『雁』のお玉の白き顔浮びて消ゆるその妾宅も

笛太鼓夏の夜祭り池の辺に誘はれてゆく幼子たちは

袂ながき浴衣に締むる三尺の鹿の子絞りの紫はえて

歩くたび鈴鳴る木履《ぼくり》くれなゐの鼻緒小さき足指の爪

動物のしづまりがたき夜夜を上野の図書館は暗き灯保つ

寛永寺真闇の奥にひそまりて境内よぎるわが影ひとつ

灯火管制上野の山は獣らの咆哮のみが闇をゆるがす

育ちは東京本郷東大前孟母三遷にならひたりしや

昭和二年の春は湯島天神に学業成就を祈願せし母

「昭和、昭和、昭和の子どもよ僕たちは」唱ひし日あり戦火おこれる

爆弾三勇士讃ふる歌を唱ひつつ全校の児童校庭めぐる

学業の成就はさはれ健やかに過ぎしは神慮と柏手を打つ

小さき連帯

ジェットバスに漬かる一とき画の中の松原遠く霞みゆくなり

松原の彼方に海は凪ぎてゐて公衆浴場の夕べ客なし

湯の面も見えぬほど人の入り混みし戦ひの日の銭湯はいつも

幼児は小さき柔き掌《たなごころ》湯舟の縁のわが手に重ぬ

連帯の心なるらし物言はず手に掌《て》を重ねくれし幼児

独り漬かる夕べの湯舟泡立ちてこころの奥の汚濁を浮かす

歩行者天国

はしやぎゐる幼女のもてる風船のふとも揺らぎて手を放れゆく

晩秋の光あふるる街の角しろき風船舞ひ上りたり

風船はこころのままに幼子の手を擦りぬけて街すりぬけて

不思議さうに見上ぐる幼女風船はお構ひなしに陽に向かひゆく

産地より直送の野菜果物と声高ければ寄る人らあり

人集《だか》りあれば覗きて見たきもの或いはサクラかも知れぬのに

高校生のギター演奏も加はりて昼の歩行者天国の顔

澄まし顔のお内裏さんは堤焼何で今ごろ人も寄らぬに

人波に押されて入る昼前の回転寿司屋すでに満席

この景気いつまで続く並木道欅はすでに凋落のかげ

歩行者天国地獄に変るかも知れぬ危ふさよ常に人間の世は

群集の中を往き来し知る顔に遇はざりし今日を日記にとどむ

広瀬川辺を

小路より走り出でくる幼女かと視れば風船春はうらうら

基督教徒殉難の碑の葉がくれに広瀬川原の鎮まり深し

橋桁の迷彩色に塗られゐし戦ひの日を知らぬ鳶舞ふ

橋桁にからまる若き蔦の葉は風の誘ひを待ちて光らむ

百円の棚より選ぶ文庫本『青春は美《うるは》し』ニュー古本屋

寄り道は博物館ときめて出づ鑑真和上おはすころなり

「三太郎の小径」に入れば阿部次郎先生は遥か仙台の空

春の帽子選びつつゐる少女らの明るき声よイラクは遠し

登城する藩士・師団の将兵ら彼方に消えてわれの大橋

江戸風鈴

窓閉ぢて工事現場の音を断つ江戸風鈴の鳴らぬこの夏

夕暮れを工事現場の音止めば秋風招く窓開け放つ

夏よりも秋の風よしすつきりと窓開け放つ風鈴鳴るべし

秋風の窓に寄るたび風鈴はガラスの軽き音立て応ふ

秋風の寄るにや風鈴招くにや夕暮れ立つる音のよろしき

いづこより入りし蜻蛉《あきつ》か一夜ゐて窓あくる朝の風に乗りゆく

複眼に蜻蛉は何を見届けし一夜の宿は独り居の姥

名探偵少年コナンの切手貼るどの子に送る便りにせむか

待ちてゐる花

山百合の花ことごとく開き出であるじ顔して広間を占むる

大瓶に活け咲きさかる山百合の客はいまだに姿を見せぬ

夜更くればいづれの神か訪ひ給ふ山百合の花身動きもせず

山百合の金色の蕊に触れてよりひそかに仕舞ふわが夏衣

病み給ふひとには強き刺戟とや山百合の瓶遠ざけられて

山百合は高き香りを身にしめてわがうたたねの夢に入り来よ

伽羅よりも強きその香を嘆くこゑ山百合の花なほ咲き加ふ

山百合の憂世に染まぬ色見せて咲きつぐ夏の空暮れざらむ

独り居

「原田さんのお好きな花でしよ」隣り家の婦人の賜ふ梔子の花

閑かなる仏間の闇に梔子の花の白きが香り立ちゐつ

梔子は口無しとかやされど香の高きに物を言ふにあらずや

熟して も果《み》の口開かぬ故にこそ世に口無しと言はるるは憂し

地境の紫陽花は頭傾《かし》げつつ覗きてゐたり梔子の香に

塵埃払ひし部屋に純白の梔子の花活け置かむとす

夕暮れはことに甘き香広がれりこの世のほかの影も寄るべし

目に見えぬ影寄り添へば夕暮れの梔子の花の高まる香り

梔子の汚れ曇りのなき花を尊みて経る梅雨明け近し

戦ひのなき世に命ながらへば俯きがちの梔子の花

鯖の味噌煮作り過ぎてと町内の主婦のもたらす夕ぐれのとき

作り過ぎ助《す》けてと言ふをそのままに頂き夕べの露地の明るさ

二切れの鯖の味噌煮にわが夕餉にはかに楽し独り居なれど

ご※譜代の商家の人らのそれとなき情に触れて独り居安し

※米沢の伊達藩主が岩手山へ、そして仙台へ移ってきたそのお供をした六つの町、わが大町はその筆頭。

近隣に役立つこともなきわれか梔子の花の白きに対す

銘菓「室の木」

我妹子が見し鞆の浦のむろの木は常世にあれど見る人ぞなき

海に向かふ寂しき歌碑は大伴旅人《おほとものたびと》の歌を刻みて佇てる

妻を亡くし帰任の旅人の目になほも常世にありて繁る室の木

沖を行く船より望み目標《めじるし》ともなりし室の木継ぎきて今も

室の木は生命の樹とぞ継ぎてきて枝葉茂れる大木となる

古来より名ある港津この鞆に旅人の船は碇泊せしや

木の肌の色もて作る和菓子なれ銘菓「室の木」鞆の土産に

傷心の旅人を遠く懐《おも》ひつつ菓匠の作る銘菓「室の木」

幾星霜経れども歌碑は大伴旅人の嘆き薄れぬままに

祖《おや》おやの墓並びゐて今はただ静かに聞くや鞆の潮騒

潮騒にまぎれぬ声は姑《はは》なりや鞆の浦辺に生を終へたる

かくて過ぎゆく

立冬前後

寂しげに瞠視《みつ》めくる眼は樹の蔭に見えがくれする大き橡の実

冬枯れの森のあかるさ裸婦像は髪なびかせて風に向き佇つ

止めむとすれど薄るる思ひあり西山すでに日の没り果てつ

みづうみの岸の小波遠き陽を寄せきて人を低徊せしむ

歪みたる鉄の門扉をそのままに棲まふ夕べの闇はやく来む

驚きて目を見張れるや初めより目の大きにや夜のふくろふ

蹤きて来る足音にふと振りかへる夜道は白き風の立つのみ

垣代の椿の落す実のあまた世に容れられぬ嘆きのあらむ

夕ぐれはこの世のほかに続くみち仄《ほの》かに見せて隠しゆくなり

梅花開く

わが門の出入のたびに仰ぎてもほぐれむとせぬ蕾なりしが

何事もなきが如くに朝がきて白梅数花ひらきてゐたり

門の辺の梅は一本　一本の春こしことを告げむあの世に

亡き夫の「梅花開」の文字染めし紺の暖簾を今朝は掲げむ

桜より梅を詠むこと多かりし万葉集の歌びとたちは

万葉に詠めるは白梅のみといふ「梅花宴」の三十二首よ

小雀の覗きて何を見しものかチチッと啼きて枝に移れる

覗きても面白きもの何もなし招かぬ客は寒き夕かげ

遠野の風・鞆の浦風

焼き物の河童幼は腹中に遠野銘酒を運びくれたり

なぜここにゐるのか解《げ》せぬ貌《かほ》つきの河童幼をわれの机辺に

白き腹に酒を充たしてふくれゐる河童幼は物言ひたげに

焼きものの河童幼の口もとは野菜はいやとごねる児に似て

何を聴き何を視てゐむつぶら瞳の河童幼に及ぶ夕光

焼きものの河童幼の黒き眼にうつるは書籍散らばる異界

遊び仲間ゐぬこの町の閑けさに河童幼は口をとがらす

焼きものの河童幼し朝夕を寂しがらせぬ風の吹きこよ

遠野より吹きくる風のあらばあれ独り法師《ボッチ》の河童幼く

素気なく露地を横切る野良猫ら河童幼のゐる家と知れ

旧姓を古田と言へば古狸と囃し立てたる悪童もゐし

古狸《こり》・綺猫《きべう》・竹貂《ちくてん》三吟半歌仙巻きしは戦中女らの夜

保命酒腹にみたせる古狸わが家に来しは二十年前

備前焼の狸は腹をふくらませ徳利・通帳《かよひちやう》持ちて佇む

備前焼の狸わが家に老いゆきて表情すでに喪ひて佇つ

二十年この家《や》の地下に佇ちしまま書籍もろとも老いゐる狸

鞆の浦に古来名高き保命酒来客あればまづもてなしに

古狸あたまに被る破れ笠さかづきとして保命酒汲む

ひつそりと春の夜更を佇つ狸いつの間にやら鞆の浦人

世に知るはいづれかわかね養命酒・保命酒ともに滋養強壮

その笠を被れるままに年を経し狸の腹の酒を汲むなし

上戸ならば眉を顰めむ保命酒下戸にも甘き薬を含む

味醂にも似たる味なれ百歳の寿をも願はば古狸頼むべし

河童幼・古狸並びをり遠野風・鞆の浦風こもごも通へ

阿波踊り人形連

紙の端布の余りも忽ちに阿波踊りする人形となり

極細の糸に吊され手作りの人形踊る気儘に踊る

本場よりみちのくに来し人形連寒さもものか踊らな損そん

総勢は八人の連みちのくに踊りに踊る男をみなは

三味・太鼓音も響かむ吊されて踊る阿呆に見る阿呆とぞ

楽しげに踊りつづくる阿波踊り疲れを知らぬこともあはれに

目鼻だち定かならねど踊りゐる男をみなの眉潔からむ

夜更こそ人形連の阿波踊りヨイヨイヨイとテンポはやめて

歳末の侘しささはれ振り切りて踊らな損と踊る人形

踊りやめぬ人形連をそのままに寝《しん》に就かむはうしろめたけれ

下校の道

蹄鉄をつくる鍛冶屋は頬髭の濃き男にて休まず打てる

ぬるぬるの鰻すばやく割《さ》きてゆく手元を佇ちて見呆くる子らは

鰻屋の隣りは古き仏具店いつも下れる地獄の絵図が

針の山血の池釜茹で獄卒に追はれてゐるは裸の男女

戦慄の走る一とき仏具屋の地獄の絵図を過ぎかねて佇つ

木洩れ日の差して穏しき道の辺にいかなるものの待ちゐるならむ

下校する童《こ》らを言葉巧みにも誘《いざな》ふもののいづこに潜む

人の世は外面如菩薩内心は如夜叉と知れと言ひ継ぐべしや

かなしみは林の上の夕あかね薄れむとして道に届かず

どこ吹く風

食与《じき》ふべからずこんな合意文まはる町内野良らは知らじ

野良猫を窮地に追はむ合意にも密かに食を与ふるものあり

直接に猫の被害のなき家に野良追放を説くむつかしさ

愛猫家の思ひはさはれ今朝もまた沙羅の根方に猫の仕返し

猫避けの自衛手段もお手上げの夜夜を啼きをり声を荒らげて

防犯の役にも立たぬと嫌猫家どこ吹く風と野良猫通る

家内《うち》までは入りこぬ野良はそこそこに分を弁へゐるにかあらむ

野良猫と睨み合ふ昼思はずも先に視線を外しわが負け

人間の管理を受けぬ野良猫の自由羨しむこころもチラリ

世の噂に聴耳立つるか野良猫ら犬猫美容院開院したり

野良猫はお呼びでない　犬猫の美容院開院祝の花輪

この「ネコ」よ

人棲まぬ屋敷といふは昼も夜も近づきがたき気の立ち籠めて

すつぱりと家屋も樹樹も取り払ひ猫の入りこむ空間もなし

棲家なき猫らうろつき汚しゆく防ぐ手段の商法いかに

界隈の子連れ野良猫ふえゆくを防ぐ手段のこの「ネコ」を購ふ

猫避けの「ネコ」は厚紙作りにて猫寄せつけぬ威力ありとや

夕闇の迫るころほひ庭隅に密かに立たす猫避けの「ネコ」

縄張りを守りきれとぞこの「ネコ」を金木犀の根方に立たす

金木犀の木下の闇に紛れつつ灯《ともし》届けば「ネコ」の眼光る

わが露地を吾が物顔に過《よ》ぎりゆくボスの黒猫この「ネコ」如何

厚紙の「ネコ」の正体見抜かれむその時までを頼むほかなし

この頃は猫らの影のとんとなし無視か侮蔑かこの「ネコ」無聊

猫好きの人らの非難あらばあれ「ネコ」を立たせて猫を防がむ

いたづらに猫を苛む心なしただ共生のむつかしきのみ

この「ネコ」よ啼かず立ちゐる雨風の激しき日にも雷鳴の夜にも

眼光のすでに弱れる猫避けの「ネコ」を頼りの露地の春秋

鼠の子時に雀子幼かる命を放るもの出でて来よ

老獪なるものの身近に窺ふを猫避けの「ネコ」なすすべ知らぬ

春はおんぶお化けの巻

わが油断狙ひてゐしや何物か背《せな》に飛びつき締めつけてくる

負ぶさりて締めつけてくるものは何声を出さねど嘲笑《あざわら》ひゐて

春の日の俄かに曇り粉雪舞ふ負ぶさりしものなほしがみつき

背を振りて落さむとするに弥増しに締めつけてくる何の憑物

わが背の心地のよきや金輪際離れむとせずいたぶりくるもの

わが背を苦しめてくる正体を『日本妖怪図巻』に探す

石燕や春泉画く妖怪のあてはまるなきわが憑物か

かつて聞きしおんぶお化けの成れの果て由縁ありて苦しめくるや

呻《うめ》きつつよろぼひ出づれば垣代の紅き椿の小さき花ばな
満開の梅の花かも門閉ぢて憂世に遠く潜みゐし間に

かくて過ぎゆく

曼珠沙華畦一列に燃えゐたり病める少女の午後の画帖に

風邪に籠る早春の日日訪づるるものは障子に映る鳥影

紫はわが好む色身に纏ひ野末にひそと佇てる藤あり

賢《さか》しげな眼をひらき凝視めくる梱の梟を前に咳きこむ

歌ふのは「そこに私はいません」と　されど彼岸の香華を墓に

銀行の新両替機　今日よりは手数料要ると澄まし声なる

集めたる蔵書の類を如何せむ老い深みくる思案のひとつ

大型の連休に入る安らぎにテレビの中の異国《とつくに》を行く

おろし大根少し苦きは言ひ過ぎし昨日のわれの言葉と嚙みしむ

散り過ぎし桜のあとも咲き続き花首落す露地の椿は

画の個展写真の個展書の個展一吹き風に届く案内

「みなさま」と

乗客はわたくし独り下関観光バスは定時に発車

ガイド嬢「みなさまおはやうございます」車内に徹る声の若さよ

優しくも時に悲しく聞こゆるは「みなさま」といふガイドの声音

私の後の席に「みなさま」は乗りゐるらしきガイドの視線

バスガイド社旗を掲げて登りゆく私だけでなき気遣ひに

安徳帝陵墓の前のガイド嬢「みなさまどうぞご拝礼を」

拝礼をうながすガイドの声低し鎮まりかへる陵墓の前に

一斉に拝礼をなす気配あり私の隣りわたしのうしろ

八歳の幼帝の入水悼みつつ歔欷《きよき》の声すら聞こゆるならずや

壇ノ浦を見下して佇つ幼帝のあなやと叫び入りし海面

「浪のしたにも都のさぶらう」壇ノ浦潮流はいま西に向へる

琵琶法師芳一深夜に弾じゐし墓群はこちら「みなさまどうぞ」

青白き陰火の浮かび嫋嫋《でうでう》と琵琶の音色の海に流るる

源氏方三千余艘平家千余寿永四年の海戦のとき

山嵐紅葉を散らすごとくにも戦の果てし海の赤旗

白小袖緋の袴つけし女性《によしやう》らの浮きつ沈みつ漂ふ海面

皇位継ぐ神器は三種宝剣は平家と共に沈みはてたり

『平語』いふ宝剣は三振り海底に喪はれしは草なぎの剣と

見えぬ目をはだけいまなほ弾じゐむ琵琶を抱ける芳一の像

弾じ出づる「祇園精舎の鐘の声諸行無常」と浦風はけふも

壇ノ浦古戦場趾の知盛像錨を背負ひ入水のすがた

わたくしの目には見えねど「みなさま」とガイドの言へばみなさまはゐむ

小さき咳にうつむくガイドの首細し案ずるはわたくしだけと思へぬ

海沿ひに並ぶ赤旗白旗の風に揉まれてどよめきやまず

壇ノ浦に夕風立てば海底に鎮まりがたき霊なほあらむ

「みなさま」のけふの乗車に深ぶかと項《うなじ》を垂るる若きガイドは

「みなさま」と縁《えにし》を結び壇ノ浦にこの世のほかのあはれを視たり

見るべき程の事は見つとや知盛の像は海辺になほ何を見る

寂しきもの

おなか押しママーと声を出だしたる西洋人形ありしは昔

ママーといふ一言のみを珍しと金髪人形を胸に幼女は

おやすみを言ふ人形を侍らせて老女の冬の夜の独り寝

真夜中に独り言いふ人形のつぶら瞳にみつめゐる闇

寂しかる老い人癒やす狙ひとやお喋り人形のもてる商魂

幼児の遊びしママー人形は疎開の荷物と共に帰らず

二百語も三百語もの語彙をもつお喋り人形は幼女のすがた

幼声に応答もする人形と老女の棲まふ夜の闇ふかし

問ひ返す術なきままに物を言ふものの指示にて振込み終る

人と人対き合へぬ世の身の回りもの言ふものの増えゆくばかり

めでたしと長寿を祝ふ誰もたれも長寿となれるあかつき如何

命のみ延びゆく末の世にありて敬老行事むなしかるべし

学士会館

夜雨にけぶる神田書店街通り抜け学士会館の灯は近し

上京の宿をここと定めおく古書店街に近き地の利に

旧帝大七大学の卒業を会員資格とする学士会

白髪の紳士の目立つ会館のクラシシズムに良さのありしか

青年はアナクロニズムと会館を言ひ捨て去りしも過去となるらし

高齢化進む会員利用者の減少を憂ふ経営陣は

囲碁将棋撞球室は一階より撤去されたれば覗くことなし

一階は洋・中・和食のレストランどなたもどうぞご利用下さい

本日のランチメニューをそれぞれに競ひ掲ぐる玄関の前

日曜には幼き者ら声あげて走り廻れる学士会館

ブライダル衣裳のマヌカン入口の正面に佇つも優しき風情

豪華ホテル並みとはゆかねブライダルのパーティー収益疎かならじ

ブライダルの宣伝垂れ幕遠くより目立つ学士会館の春

垂れ幕にクレームつきたる噂立つ学士会館の品位とはなに

「半沢直樹」の撮影現場と見学の客あるをなほよろこびとして

帝国は滅び六十余年経てこの会館も変りゆくらし

ソファーは朱唇

夕陽を受けて静まるＣホテル駅前にありて利用者多し

フロントの好青年の迎へくるる翳りなき面丁寧ことば

フロントにて宿泊料は前払ひ常のビジネスホテルに同じ

やや狭き室内なれど枕辺に千代紙折れる鶴待ちてをり

最上階エレベーターホールの壁際に朱唇の形のソファーのありて

世の常のソファーと見れど朱唇形あかき布地の柔き感触

よく視れば女のまなこ見開きて窺ひてをり冥き壁には

描きたる女のまなこ夜更くれば壁一ぱいに見開き光る

腰かくる男のあらば忽ちに吸ひこみゆかむソファーは朱唇

吸ひこまむ獲物は男この朱唇夜更けて戻る酔客を待つ

異界への出入りの口か朱唇形ソファーは夜更け紅をます

その夜更け戻りて鍵を受けとれる客のひとりの卒然と消ゆ

ある時は常のソファーある時は妖しき朱唇ひらきて嘲ふ

消え失せし客はひとりかCホテル夜更けのソファーのなほ待ちてをり

夜更くれば怪奇空間と化してゆくこの企画者はどこの誰とも

人の口に戸は立てがたしCホテル夜更けの怪の伝ふる迅し

Cホテルこの一隅を売りとせよ怪奇好める若者多し

フロントの青年何も知らざるや夜更けの貌を語るものなし

死神の失業問題

死神の取りつくしまのなきままに人の命の延びつづけゐる

死神は浮かぬ貌して佇つならむ不景気の街にも人は生き延び

戦ひのなき世医療の進む世に職場失ふ死神もあらむ

生き甲斐は命とること死神の勇める職場は戦場にこそ

生きもののひとつひとつを担当の死神ならば人は苦手か

死神は病者の枕辺不覚にも居眠り中に床《とこ》をまはされ

聖職に就きゐるものの居眠りは死神といへど怠慢の責

病人の起き上るとき死神は青白き貌のいよよ青ざめ

あと僅かと病者の命に寄り添へどあてのはづるる多き死神

先端医療の技術の進歩　五臓六腑すべて取換へ可能の世ぞと

人の死を脳死とするや心臓の停止とするや死神いかに

人間が臓腑を換へて生き継ぐや完全失職するは死神？

業績の不振を理由に死神は人扱ひ課をば馘首されむよ

「死神」を見事に語る落語家をいづこへ導くならむ死神

「死神」を真に迫りて語るとき思はず拍手するは死神

真に迫れる話芸に浮ぶ死神の意外にオヒトヨシなる相《すがた》

「※世に誰か百まで生る《いき》人なし」と西鶴いへり十七世紀には

※『世間胸算用』巻三　小判は寝姿の夢

百歳も稀にはあらず古稀といふ言葉はすでに喪はれゐむ

日の本の命延びゆき百歳を越ゆるは五万余人と言へる

いづこにか窺ひてゐむ死神の目を逸らしつつ寒卵飲む

おひとりさま

尺八の初音かすかに聞こえくるあの世この世の風に紛れず

節分の鬼ならねども胃の中の腫瘍追ひ出し明日は立春

白杖に地をさぐりゆく後ろ影追ひ越しゆくは夕闇ばかり

あの世にのみ縁者の多くなりゆくと空つ風吹く辻を見まはす

空缶が枯葉と競ひ走りゆく横断歩道の信号は赤

啓蟄と聞きて這ひ出す愚かさよ不況の風の吹きつのる世に

天一神《なかがみ》の遊行《ゆぎやう》に遇はばそれもよし若葉の道に誘はれ入る

木洩れ日の揺らぐあしたのテーブルにひとりの食《じき》を並べて坐る

鶴首の白磁の花瓶部屋隅にひとり寂しき色を隠さず

いかならむ花の似合ふやほつそりと鶴首伸ばす白磁の瓶には

高層のビルの谷間を抜け出でむと歪みつつ上るわれの夕月

昼食は近きホテルのバイキングおひとりさまのいつもの席に

女傘白きフェンスに凭れをり幾日待つらむ空頼みして

街空に描き加へたる少年の月は光をましてゆくらし

湖北の坊守

坊守《ばうもり》の一生を讃へられてをり商家より寺に嫁して終れる

九十一の寿保《いのち》ちて逝きし義姉三人の子らも三寺を継ぎて

先住の夫の族《ぞう》も大方は僧なれば葬《はふ》りに多き僧形

七僧の行ふ葬り親族の席の半ばは若き僧たち

子・孫・甥は若き僧形堂内を圧し誦するは仏説《ぶっせ》阿弥陀経

僧ひとり出づれば九族の救ひとや深き縁《えにし》に列するわれも

その昔東洋高女に習ひたるみ経たしかにわれも唱和す

罪業を滅し軽がると小柄にて老い呆けたまひ逝きたる棺

出棺の合図に打てる寺の鐘琵琶湖の波に拡がりてゆく

通夜の雨上り琵琶湖の北岸に佇たす仏ら見送りまさむ

親の亡きわが結婚の親代り勤めたまひし日も遥かなり

冷えびえと広がる闇を透かしゐつ葬り去りたるあまたの月日

消えざらむ

還らざる海

23・3・11

慌ただしく生の確認し合ふ日よ人間存在を揺する大地震《なゐ》

末の世の大地震の揺れ身近なる柱にすがりゐしは幾刻

大地震の揺りきて垣の赤椿ふり落されて地を染めゐたり

大挙して上陸したり呑みつくす海の蟒《うはばみ》　ひと・まち・ゆめを

防潮林七万本の松原も津波に呑まれのこる一もと

暗き海に浮き沈みつつ攫はれし幼き命あまたの未来

大川小の七十四人の児童らを攫ひてゆきし海凪ぎてをり

攫はるるあまたの子らの浮き沈み遠逝きしまま還らざる海

暗闇の海の波間に光るものあるいは救ひ得ざりし霊か

人びとをあまた攫ひし海の面凄寥として十五夜の月

十五夜の月蒼ざめて渡るらし人影失せし被災地の空

海戦に果てたる屍　大津浪に呑まれし命　深海は闇

大地震の傷跡のこる白壁を蔽ひて繁る沙羅の夏かげ

夕ぐれの街は優しと思へども大地震の傷のこる店みせ

友の死を悼みて作る（長歌）

みちのくの花には早き　弥生《いやおひ》の十余《とをま》り一日《ひとひ》　昼下がり二時《にじ》四十六分《しじふろつぷん》
大地震《なゐ》は前触れなしに　激しくも震《ゆ》り来たりたり　縦に揺らし横に動
かし　力の限り家をも物をも　押し倒し薙ぎ払はむと　恐ろしき声ご
ゑあぐる　世の終りかくもあらむと　ひたすらに柱に縋り　心には神《かみ》
仏《ほとけ》をも　念じつつ堪へてゐたりき　辛うじて震りやみたれど　余震
とてなほしばしばも　襲ひ襲ひきつ

大地震の後《のち》の営み　煩ひてゐし間もあらず　遠くより寄せくる海は
黒壁か立ちはだかれる　高き浪防波堤をも　忽ちに乗り越え来たる
たはやすく防潮林をも　ある限り薙ぎ倒しきぬ　大浪は蟒《うはばみ》と化し
数知れず大口を開け　ありとあるものを襲ひて　一呑みにせむと押し
寄す

人びとはわれを忘れて　高処《たかど》へと先を争ふ　逃げ惑《まど》ひ遅れたるもの

捉へられ力尽き果て　呑まれしは万を越えたり　助け呼ぶ声も嗄《かす》れて
　遠ざかる影また影　救はむと差し伸ぶる手の　届かぬは術なかりけ
り

大津浪去りゆきしあと　賑ひゐし日日の暮らしも　麗しき松の林も
おしなべて失はれたり　見の限り何もなき景　茫然と佇むばかり　助
かりし命の不思議　行方なきうからやからを　懐かしき友の姿を　見
出でむとすれども空し　せめてもの記念《かたみ》の品を　求めむと瓦礫の山を

突き崩し掘り返すなる　風凍るみちのくの春　人みなの嘆きは深し

千年に一度《ひとたび》といふ　大地震も大津浪をも　諦めてあるべきものか　無為にして日を送らむか　助かりし命なれこそ　惜《あた》らしき命殞《おと》せし　人のためわれらのために　涙拭《のご》ひ明日に向かひて　進まめと立ち上るなり　少しづつげに少しづつ　美しきわれらの町を　取り戻すその日のためにと　誓へるは誰《たれ》にてありしや　その声は谺《こだま》となりて　こなたかなた響き合ひつつ　呼応しやまぬ

反歌

沖はるか攫はれゆきし霊《たま》あまた仄《ほの》かに灯る月夜のありて

志継ぎてゆかなむ亡き友の面影とはに消えざるものを

この長歌並びに反歌は東日本大震災のとき、津波に攫われて命を落とした宮城県のふたりの同窓生を悼み、その鎮魂のために、同窓会である日本女子大学教育文化振興桜楓会が企画、その依頼を受けて作ったもの。もう一作の口語自由詩「明日を信じて―亡き友に―」は渡墺中の山口友由実氏が作曲し、附属高校の生徒の合唱団によって今年三月四日に初演発表された。この度は長歌の方をこの歌集におさめる事を同会より了承されたもの。

戦の日日

陽の光満ちて寂けき畠みちを襲ひ来たりしグラマン一機

いづこより現はれきしと思ふ間もなきグラマンの昼の急襲

機銃の音寂けき昼をかき乱しわれを泥田に追ひこみにける

新しき鼻緒の下駄の陥《はま》りたる泥にまみれて命残りき

操縦者若しと思ふ一瞬を機銃乱射し飛び去るかなた

飛行眼鏡の暗き瞳に捉へつつ獣のごとく追ひこみたるや

日の丸の小旗手に手に列なして南京陥落祝ひし少女期

「美しき日本の旗」と声高く唄ひし日あり少女なりし日

出征の兵士送りし駅頭の日の丸の旗目交《まなかひ》に揺る

疑はず日の丸の旗振りつづけ兵士らを多く戦死させたる

武運長久などと記せし日の丸の旗の多くは行方知れず

科学兵器揃へし敵を見くびりて多勢頼みの白兵戦火

戦ひに流せしものの血の色と重なり揺るる日の丸の旗

心から振り得ぬ旗を持ちつづけいつしか闇の中に佇む

紫外線カットの効めありといふ黒き日傘の街をゆく夏

街まちに黒き日傘のあふるれば服喪に似たり敗戦の日は

鮮明に浮き上りくる光景のありて戦の日日消えざらむ

学徒出陣七十年に

教室にあふるる文系学生ら明日は征く身のペンを走らす

入り切らぬほどに学生の詰めかけし阿部次郎教授の美学の講義

『三太郎の日記』を読みてあこがるる阿部次郎教授の一言一句

端然と背筋を伸ばし聴きゐたる学生たちも明日は征くべし

仰向けに横たはりゐる学生の瞳にのこす大学の空

厚き雲蔽へる日本の空のもと征く学生の点呼はつづく

教練の声ひびかせてキャンパスに勢揃ひせし学生征きて

キャンパスに溢れゐし文系学生ら出陣の後を空つ風の過ぐ

教練の声ひびかすやキャンパスの松の並木を鳴らす強風

学生のゐなくなりたるキャンパスは空洞となりて風の吹くまま

教練の声は現《うつつ》か幻かすでに征きたるあとの大学

さらでだに暗き灯火管制下大学図書館に借りし浮世絵

提出のあてなきレポート「清長論」男子の征きしあとの大学

清長の八頭身の遊女たち絵を抜け出でて暗闇に消ゆ

中国河南の旅

童貞の少年最も鍛ふるに適すと集む少林寺拳法

肥えゐるは怠惰の故か道場の少年たちの四肢緊まりをり

道場着の少年五つ六つかと危ぶみ視るにとんぼ返りす

裂帛の気合に暑熱の演技冴ゆ拳法道場日の高きまま

十一年前にはありし出店など払はれ龍門石窟の風

四十二度の高温といへどみ仏は寂然として世を視たまへる

崩壊は故意ともあるは自然とも石の仏のどこか欠けゐる

河柳おのづからなる風立ちて暑熱を避くる人らを招く

空海も訪れしとふ相國寺等身大の立像に遇ふ

この国の尊崇のゆゑか金色の像となしたる空海上人

金色の空海像は巡錫のすがたのままに佇み坐ます

異国《とつくに》に佇たす空海上人の旅を思へり海路陸路の

ホーバークラフト漂ひ出でて中流の黄河を少し往き来せしのみ

禹王像立つと望めど夏の陽の照り返しゐる黄河の彼岸

大黄河の流れに泛ぶうつしみのひとときにして古代は遥か

ホーバークラフト寄せて畑地に下りたちぬ黄河白日を反す一刻

そのむかし河南の会戦ありしよと思ひめぐらす夜夜となりゐつ

河南省洛陽・開封・鄭州は日本の戦記に読みたるところ

ひたひたと夜行の軍の迫りゐしか鄭州の眠り深からなくに

日中の戦ひのあと影もなし豪華ホテルの鄭州の夜

苗族《ミヤオゾク》

広がれる草原の彼方舞踏する若き男女の一群のあり

赤青の原色の衣裳陽に映えて長きスカート揺らす少女ら

新しき白きズックに蹴る草生ときにステップ違へて笑ふ

少女らと思へるなかの既婚者は帽子を冠りてゐるのがそれと

未婚者も既婚者もなく踊るとき傾きがたし草原の陽は

髪飾り胸飾りみな揺れ揺れて踊る少女ら草原広し

民族の青衣をつけて男の子らも笙のごときを吹きつつ巡る

ながき影引きたるままに踊るなり時には影の交り合ひつつ

視ゐるままいつしか時の過ぎゆきてわれらの影も長く伸びたり

地球上にかかる穏しき草原のありとは男女の踊りは若し

草原を染めて傾く陽のあればあしたの旅を思ひて別る

明日はあす今日はけふとて楽しまむ苗族の少女の目差しやさし

文明はかかる村にも及ぶらし拡声機・テレビ・洗濯機など

雨花苗族寨

入村の儀式の酒は舌先に痺れて強し少女の瞳も

関守は民族衣裳の少女たち酒飲まぬもの村には入れじと

誘はれて踊りの輪には加はれどテンポそろはぬ影を踏むなり

少女の手冷たきを握り輪になりて踊りまはれば鳶《とんび》もまはる

異民族といへど変らぬ顔かたち言葉は知らず手をとり踊る

専属の踊り子ならむか白銀の冠の下の幼顔なる

隊列の先頭の子は器量よし姿すらりと背筋伸ばして

懐かしき少女の笑顔白銀の冠・飾り細かに揺らす

関守の少女より受けし盃の酒に痺るる遠空のいろ

遠来のわれらを迎へこの村の総出に犬も猫・庭鳥も

村こぞり集まる広場はたはたと風に鳴りゐる五彩の布が

「尊老慈幼和楽」の村を再びは訪ふことなけむ苗族の寨

韓国の空

仙台空港飛び立ち間なく降下せりソウルの空は晴れて風なし

日韓の歴史は古し近き国親しみあれど遠ざかりゐつ

政治には関はりあらぬ蒼生と思へど消えぬ日韓の傷

慶州に陽はまだ高し清正の築城といふ石垣目指す

十六世紀末の出兵秀吉の野望潰えてのこる城跡

大小の石塊《いしくれ》あつめ築きたる石垣に俘虜の苦役陽に透く

慶州にまろき月出づ名産の紫水晶の色に似る空

勇将の加藤清正虎退治絵本に見しは昭和のはじめ

鉄幹が尾の上《へ》の虎と詠みたりし虎いまいづこ韓《から》の山山

咆哮の虎の声なし山月は慶州の空に高く昇れど

ソウル元京城ここに「真人」を発刊したる魚袋先生

京城に役人たりし若き日の細井魚袋の濃き眉の顕つ

箱根路

二三日箱根に行つて参ります物見遊山と思ひ給ふな

観光は三分の一歌学び三分の二のこころづもりに

再びを箱根の山に来たりけり歌仙一巻はやまどひゐて

小橋より見下す川の清き瀬にうぐひの群れの影を探さむ

暗闇に蛍のあまた光りとぶ幻ありてせせらぎの音

夕暮れを招かむとする芒原白き手あまた翻しつつ

遠き日の思ひ出さへや招かむか芒の原のその白き手は

「行き止まり」立札ありて引き返す空につづける芒の原を

コスモスの花ばな揺する風のあり揺らぐ心のなしといはなく

迷ふとは進歩の証《あかし》といふことば縋りて迷ふことのみ多し

蟷螂の斧にも似たる現世《うつしよ》の生のさびしと呟きながら

心なし軽くなれりとよろこべる声を頼みの夕べの足湯

立待ちの月に目守《まも》られ寝ねむとす箱根の山は明日も晴れなむ

行こか戻ろか戻ろか行こか迷ひ果てなきこの世の常よ

武蔵の国

中央線国分寺駅いつもいつも通過しゐしを今日は降り立つ

大鷹の空を睨める鋭《と》き眼まぼろしにして武蔵野の原

石門の左右の文字の細くつよし「武蔵国」と「国分寺」とぞ

青丹よし寧楽《なら》の都に通じたる武蔵国府の道の穏しき

若き日に国木田独歩読みしより武蔵野はわがこころの郷《さと》に

湧き水の流れに沿へる道ほそし先立つものの足《あ》音《おと》に蹤《つ》きて

雑木林陽を遮りて細ぼそと続くお鷹の道に従ふ

国分尼寺跡の礎石に腰おろし何描きゐむ少年ひとり

風立ちて林揺らげば武蔵野に鞭音高く駆け去りしもの

貴船明神

鞍馬より越えて貴船の朱の鳥居若きふたりの夏衣の軽し

境内の七夕飾り風に揺れ貴船の神の華やぎまさむ

祭神は水の神とて霊泉を湛ふる斎庭《ゆには》神の占問ふ

霊泉に浮ぶ水占あらはれて貴船の神の占は小吉

探したきは少女のころのわが思ひ失せ物容易に出ぬ占なれど

「ものおもへば」と和泉式部の詠みし歌碑結《ゆ》ひの社の林の中に

「ものおもへば」と嘆きし歌の返しとて「ものなおもひそ」と詠みしは神か

あくがれ出でし式部の魂はと見まはせど蛍の光ならぬ夏光《かげ》

乾きくれば水占ことごと消えはてて夏空高き雲の動きぬ

貴船川川音涼しき夏の床《ゆか》奢り奢られ詣づる人ら

振ればこそ光る「ほたる」を求めきて神の蛍と言挙げ配る

あとがき

数年前良性ながら胃の中の腫瘍を取って以来、食が細り、痩せたせいか、今年はとくに春が待たれました。いつになく厳しく長い冬でした。仙台にも稀な大雪が降り、しばらくは外出困難となったほどです。そうしているうちに不覚にも室内で転倒し、左大腿、右手首の骨折で入院する仕末、今年こそと心掛けていた歌のまとめも遅れ遅れとなりました。どうにか気を取り直して、杖を突きながら歩行できるようになった時は六月に入っていました。

この歌集は私の第四歌集になりますが、作歌の時代順には、第二歌集『朝市』につづきます。大体平成十五年以降の十年間の五三一首と長歌一首を自選しました。この途中で所属結社「彩光」を離れましたので、あとは無所属のまま、関係歌会その他に提出した作品や、未発表のものも含みます。

これを書いていています七月十日は、六十九年前に仙台が空襲された日です。市の記録にはＢ29爆撃機百二十余機が来襲したとあります。大学生の身で下宿していた私は、未明の空一ぱいに黒い爆撃機が襲ってき、爆弾や焼夷弾を雨霰と落し、猛火に包まれた市中を逃げまどいました。また仙台空襲のあとは、単機でどこからともなく侵入してくる敏捷なグラマン戦闘機に追いかけられました。辛うじて命は助かりましたが、焼野原の仙台で、衣食住に誰もが困りました。よく生き延びられたとつくづく思わずにはいられません。戦争の悲惨さ恐ろしさを忘れられない、忘れてはならないと思うひとりです。

国際状勢の、特に近隣諸国との関係が益々複雑困難になってゆく今こそ、賢い日本の行先を懸命に摸索しなければという思いは深くなるばかりです。

天災に人災にその他のもろもろに遇うのがこの人の世。歌集名はここに由来しています。ゲンセイともゲンセとも読めますが、東本願寺系の東京の東洋高女に学んだ私としては「ゲンゼ」としたいと思います。

カバー装画には結婚して塩釜に住んでお世話になった大家さんのご家族、吉田邦子氏の近作を頂戴しました。古代から現われたこの老若男女が真摯な目差しでみつめているのも人の世ではないでしょうか。なお私が宮城県第一女子高校国語科にいましたときも、図書室につとめておられ、長く親しいおつき合いがある方です。宮城県芸術協会前理事長小山喜三郎画伯の指導を受けつつ、センスの良い画を描き続けておられます。このたびのことに深謝申し上げます。

また出版に当っては現代短歌社社長道具武志氏、編集の今泉洋子氏に終始お世話になりました。ありがとうございました。

平成二十六年七月十日

原　田　夏　子

原田夏子

1921　山梨県甲府生。東京の本郷に暮らす。
1940　「真人」に入社、細井魚袋に師事。
1946　日本女子大学校を経て東北帝国大学法文学部文科卒業（国文学）
1950　結婚して宮城県塩釜、ついで仙台に移り、今に至る。
1964　「真人」廃絶の後、「彩光」に参加。
1970　「彩光」を離れる。

歌集　『少女』『朝市』『生くる日』
歌書　『古典和歌散策』
所属　日本文芸研究会、日本歌人クラブ、柴舟会、
宮城県芸術協会、宮城県歌人協会、学士会短歌会

歌集 現《げん》 世《ぜ》

平成26年11月１日　発行

著　者　原　田　夏　子
〒980-0804　仙台市青葉区大町2-5-23
発行人　道　具　武　志
印　刷　㈱キャップス
発行所　**現代短歌社**

〒113-0033 東京都文京区本郷1-35-26
振替口座　00160-5-290969
電　　話　03（5804）7100

定価2500円（本体2315円＋税）
ISBN978-4-86534-052-5 C0092 ¥2315E